44 Chats™

Series created by Iginio Straffi. www.44cats.tv

Rédaction : Aurélie Desfour.
Maquette : SKGD-Création.

Hachette Livre, 58, rue Jean-Bleuzen, 92178 Vanves Cedex.

44 Chats™

Un chat chanceux

hachette
JEUNESSE

Les Mystichats

Éclair

Éclair est le chanteur et le guitariste des Mystichats, mais aussi le chef du groupe ! Énergique et volontaire, il ne doute jamais de rien. Ses super moustaches électriques lui indiquent là où il doit aller.

Pilou

Pilou est la batteuse des Mystichats, et surtout la plus petite et la plus mignonne du groupe ! Elle est tellement adorable qu'il lui suffit d'écarquiller les yeux pour hypnotiser le plus terrible des méchants.

Boulette

Chez les Mystichats, c'est Boulette qui joue du clavier ! Ce gros chaton, affectueux, paresseux et parfois un peu maladroit, raffole par-dessus tout de la nourriture. Mais quand son estomac réclame des spaghettis aux boulettes, attention : le danger n'est pas loin…

Milady

Milady est la chanteuse et la bassiste des Mystichats. Elle a peut-être l'air douce, mais il vaut mieux ne pas la provoquer : c'est une véritable experte en charaté ! Impossible de lui cacher quoi que ce soit : sa fourrure devient rose et violette quand on lui ment.

Ces trois vilains chats cherchent toujours la bagarre ! Boss, leur meneur, est aussi le chat de Winston, le terrible voisin des Mystichats. Winston, Boss et ses amis détestent les Mystichats, et ils sont prêts à tout pour les capturer !

Teigne
Fléau
Boss

Ce matin, les Mystichats s'amusent au jeu de l'anneau dans le jardin. Pour gagner, il faut lancer un petit cercle autour d'une tige.

Mais ce n'est pas si facile ! Quand Pilou et Boulette essaient, ils perdent tous les deux…

Maintenant, c'est au tour d'Éclair.

– Vous allez voir, je suis un champion ! s'exclame-t-il.

Éclair lance l'anneau.

Pof ! Le cercle touche la tige et part plus loin.

Paf ! Il rebondit contre la balançoire.

Pif ! Il ricoche contre la branche de l'arbre.

Et *pouf !* Il retombe pile-poil autour de la tige ! Éclair a réussi !

– Je suis super fort ! se vante-t-il.

– Tu as eu de la chance, c'est tout, soupire Boulette.

– Pas du tout ! répond Éclair. La chance n'existe pas !

Milady les rejoint de très bonne humeur. Elle a hâte de montrer ses nouvelles acrobaties à ses amis ! Vite, elle s'élance dans les airs, tourne deux fois sur

elle-même et atterrit… sur une pièce de monnaie ! Mais la pièce la fait glisser sur plusieurs mètres, et la petite chatte s'étale par terre, le museau dans la pelouse !

Mais en ouvrant les yeux, elle découvre devant elle... deux porte-bonheur ! Un fer à cheval et une broche en forme de coccinelle.

Elle se relève et attrape aussi la pièce de monnaie.

– Ça alors ! s'émerveille-t-elle. Un troisième porte-bonheur !

– Tu es la plus chanceuse du monde ! l'envie Boulette.

– Pas du tout, explique Milady. Ces objets appartiennent à Neko. C'est lui, le chat le plus chanceux du monde !

Justement, Neko passe devant les Mystichats.

Mais c'est étrange : aujourd'hui, il a l'air tout raplapla… Neko se grattouille le dos et trouve un trèfle à quatre feuilles.

Pourtant au lieu de sauter de joie, il prend un air triste et jette le trèfle au sol !

– Je me demande pourquoi il ne veut plus de ses porte-bonheur…, s'étonne Boulette.

Deux secondes plus tard, Neko glisse sur le trottoir. Aïe ! Le pauvre chat tombe et se mord la langue !

– Il n'a pas l'air d'être très chanceux, aujourd'hui, observe Pilou.

Éclair pense savoir comment rendre le sourire à Neko.

– Il paraît que, quand il lève la patte, ça lui porte chance, explique-t-il aux Mystichats. Si on lui fait coucou, il lèvera la patte comme nous !

Bonne idée ! Les Mystichats font de grands signes à Neko.

Mais quand leur ami se retourne, il se prend une balle de tennis dans la tête !

– Tu vas bien ? lui demande Éclair, inquiet.

– Attention ! les prévient Neko. Vous devez rester loin de moi !

– Pourquoi ? s'étonne Éclair.

Bim ! Une balle de tennis assomme aussitôt le Mystichat. Puis une autre balle tombe sur la tête de Neko !

– Vous voyez ? gémit le malheureux chat. J'ai perdu ma chance. Je suis devenu dangereux pour mes amis.

Pauvre Neko ! Éclair lui tend la patte pour l'aider à se relever.

– Ne t'inquiète pas, le rassure le Mystichat, je ne crois pas à la chance.

Pourtant, il reçoit de nouveau une balle sur la tête !

Mais d'où viennent-elles ? Elles ne peuvent pas tomber du ciel ! Peut-être que quelqu'un cherche à embêter

les Mystichats ? Éclair regarde tout autour de lui. Soudain, il voit son terrible voisin, Winston, avec une raquette de tennis à la main !

– C’est Winston qui nous vise ! s’exclame Éclair.

Neko va se réfugier sous une voiture. Une pluie de

balles tombe sur le coffre, juste au-dessus de sa tête.

– Il nous attaque parce que je n’ai pas de chance, insiste Neko.

Soudain, la voiture démarre. Elle crache un gros nuage de fumée noire sur le museau de Neko !

Trop, c'est trop ! Les Mystichats doivent aider leur ami ! Vite, ils le conduisent

à l'abri dans leur maison et cherchent une solution.

– Pourquoi as-tu jeté tes porte-bonheur ? lui demande Milady.

– Ils ne marchent plus, explique Neko. Je n'ai jamais

remercié ma chance, alors elle est fâchée !

Une seconde plus tard, un miroir tombe et se brise.

– Oh non ! s'écrie Neko, affolé. Ça porte malheur !

Surpris, Boulette fait un bond en arrière et glisse

sur un parapluie. Mince ! Le voilà qui s'ouvre !

– Il ne faut pas ouvrir de parapluie dans une maison ! panique Neko. Ça aussi, ça porte malheur !

Effrayé, Boulette agite les pattes. Il fait voler le parapluie à travers la pièce. Paniqués, les chats courent dans tous les sens.

– Ça suffit avec ces histoires de malchance ! crie Milady.

Tout le monde se calme.

– Le plus important, continue Éclair, c'est que Neko reprenne confiance en lui. Et ça ira mieux.

Éclair vient de donner une idée à Milady…

– Suivez-moi ! s'exclame-t-elle.

Direction : le jardin ! Mais un gros nuage noir s'arrête juste au-dessus de la pelouse des Mystichats. Tout à coup, un éclair déchire le ciel et

la foudre frappe à quelques pas d'eux !

– Neko ! s'écrie Milady. Va vite chercher tes porte-bonheur !

Malheureusement, Boss, le chat de Winston, a tout entendu. Il ordonne à ses

quatre chiens-robots de voler les porte-bonheur de Neko ! Sans perdre une seconde, les horribles machines chipent

la pièce de monnaie, le fer à cheval et la broche coccinelle. Mais Neko n'a pas l'intention de les laisser faire.

– Je vais me battre pour ma chance ! s'écrie-t-il.

Seulement, les chiens-robots courent déjà vers Boss pour lui rapporter les porte-bonheur. Heureusement,

Milady est une championne de gymnastique ! Elle bondit dans les airs et atterrit sur le museau d'un chien-robot.

Elle récupère la pièce de monnaie et la lance à Neko.

– Tiens, elle t'appartient, lui dit-elle.

– Merci, se réjouit son ami. Je sens déjà ma chance revenir !

Au même moment, la foudre frappe deux autres

chiens-robots. Quelle chance ! Neko récupère sa broche coccinelle et son fer à cheval !

Pourtant, il reste encore un porte-bonheur dans le jardin…

Le trèfle à quatre feuilles, bien sûr ! Boss l'attrape en premier. Mais, au même moment, Winston lance une balle de tennis…

Qui tombe sur la tête de son propre chat ! Boss perd l'équilibre et lâche le précieux porte-bonheur.

Le joli trèfle s'envole alors et retombe entre les oreilles de Neko !

Mission accomplie : la chance n'est plus fâchée contre Neko !

– Bravo ! le félicite Milady.
– Je suis très chanceux, reconnaît Neko, et ma plus

grande chance, c'est de vous avoir pour amis !

Et comme l'amitié est une chance qui se partage, il est temps de retourner s'amuser au jeu de l'anneau !

44 Chats™
Retrouve
tes héros préférés
et tout l'univers des 44 Chats
au rayon jouets !
@SmobyFrance
Rejoignez-nous !
44 Cats™ © 2020 Rainbow S.p.A. and Antoniano.
All rights reserved. Series created by Iginio Straffi. www.44cats.tv

As-tu lu la première aventure des Mystichats ?

PAPIER À BASE DE FIBRES CERTIFIÉES

hachette s'engage pour l'environnement en réduisant l'empreinte carbone de ses livres. Celle de cet exemplaire est de :
200 g éq. CO_2
Rendez-vous sur www.hachette-durable.fr

Photogravure Nord Compo - Villeneuve-d'Ascq

Imprimé par Rotolito Romania en Roumanie
Dépôt légal : janvier 2021
Achevé d'imprimer : décembre 2020
15.5183.6/01 – ISBN 978-2-01-713108-3
Loi n° 49956 du 16 juillet 1949
sur les publications destinées à la jeunesse